겨울이
왔어요

포레스트 웨일
공동 작가

김원민 | 별결듯 | 정태희 | 서기 | 지후 | 보고쓰다 | 김승현
한민진 | 이선주 | 꿈꾸는쟁이 | 유복희 | 메이 | _Heimish_
유영미 | 하늘가오리 | 리온 | 봄비가을바람 | 김병후(김이세)
주재훈 | 새벽한시 | 하일리 | 다담 | 유리알 | 퍼 팬 | 한별
연 | 사랑의 빛 | 널그 정민규 | 수아

차례

눈사람

눈누난나 똘똘

눈을 뭉치고

바닥 위를 구르는 돌로

눈을 그리고

그리고 나뭇가지로

코를 그리니

바닥 위에 홀로

서 있는 눈사람이 되었다.

추위 발을 동동 구르는 사람들

흔들리는 바닥에

피곤했던 눈사람은
바닥에 누웠다.

바닥에 누운
눈사람을 본 사람들은
하나같이 눈물을 흘렸다.

눈사람은 여름이 오고 나서야
눈물을 흘렸다.
한참을 울었다.

냉혈한

겨울바람의 편지
달빛까지 불태웠던
여름의 열기는 가시고
곧 모든 시간, 모든 순간을
얼려버릴 냉혈한이 찾아옵니다.

충혈

눈이 피를 흘린다.

피가 아니라 겨울딸기였다.

마치 충혈된 눈 같다.

미련

임.
우수수 흐너지는 낙엽 밝으며 겨울이 왔습니다.
시린 눈바람에 꽁꽁 언 마음,
아마도 새로운 계절 맞이하는 봄비에야 녹아내리겠
지요.
마냥 꽃바람에 흐드러지겠노라 말했고
지는 여름밤 당신만을 기다리리라 다짐했는데
흐둥하둥하던 나의 오랜 날이 마치 별님 달님처럼 저
물어 갑니다.
가슴에 욱여넣은 파란 하늘이 검게 변하는 것처럼
아득한 푸른 바닷속의 당신 또한 뭉그러지고 말았습

니다.

다행일까요,

검은 세상 한가운데서 눈물과 그리움만은 온전히 가슴에 묻을 수 있게 되었습니다.

그러나 허망하기 그지없는 당신을 그리다 보니 더 이상 그럴 필요가 없어졌습니다.

어느덧 허물어가는 세월 앞에서 나 또한 무너졌나 봅니다.

하지만 되었습니다.

이제 나의 오래된 맘 고이 접어 날려 보내렵니다.

애끊다

필생을 다해 사랑했던 님이여
그대가 옥반에 비춰 너 한잔 나 한잔
술 한 모금에 나를 잊어갈 때에
나는 저무는 노을을 등에 업고 그저 떠가는 것이오.
동백이 지는 것처럼 나 또한 지는 것이고
먹구름이 끼면 비가 내리듯 당연한 이치요.
그러니 내 님이여 애끊다 울지 마시오.
겨울이 지나야 봄이 오는 것이니.

크리스마스 파티

겨울에 꽃이 있다면 그건 바로 크리스마스가 아닐까?
매 크리스마스가 다가올 때 나는 너네와 같이 크리스마스 파티를 준비해
근데 우리 사이가 멀어지면서 우리의 크리스마스 파티는 없어졌어.
우리가 다시 모여 크리스마스 파티를 할 때까지 나는 기다릴게
우리 모두 모일 때까지 기다릴게.

그날 기억해? 우리 싸우고서 다시 화해하고 곧 다가오는 크리스마스를 위해

다 같이 모여 파티를 준비하고 파티했던 그날 말이야.
나는 그날을 아직도 잊지 않고 있어 우리 모두 다른
친구들과 또는 가족과 또는 홀로
크리스마스를 보내고 있지만 그날 기억은 나에게 진
짜 소중한 기억이었어.
너희도 그날을 기억하는지 나도 기억하고 있는지 나
는 너무 궁금하다.
우린 그날 이후로 다시 만나서 논 적도, 파티한 적도
없지만 내 기억 속에서는
살아 춤추고 있어. 그날의 소중했던 그 기억을 우리
다시 느껴보는 건 어때?
나는 솔직하게 말하자면 너네와 같이 파티했던 날이
굉장히 그리워.

우리 다시 꼭 만나겠지?
꼭 그래야만 해 나는 기다리고 기다릴 거야
우리 다시 모여 크리스마스 파티를 할 때까지 기다릴게.

내 남자가 붕어빵을 좋아합니다.

내 남자가 붕어빵을 좋아합니다.

나는 겨울만 되면 붕어빵이 제일 먼저 떠올라요.

왜냐면 저도, 제 주변 사람들도 다들 붕어빵을 너무너무 좋아하기 때문이죠.

그중 내 남자는 붕어빵을 진짜 너무 좋아합니다.

그는 귀엽고 또 귀여워요. 내가 반한 이유 중의 하나지만요!

귀여운 내 남자는 붕어빵을 너무 좋아해서 겨울이 아니어도 붕어빵을 찾아다니고,

붕어빵 모자를 사거나 붕어빵 그립톡까지 살 정도로 사랑해요.

나도 사랑하기로 했어요. 내 남자를 더 떠올릴 수 있게, 더 생각나도록 말이에요.

내 남자는 귀엽고 명랑 소년 막내에요. 아 지금은 형이 되었지만요...

붕어빵 하면 말한 저의 남자가 떠오르고, 저의 남자를 생각하면 붕어빵이 떠올라요.

이걸 보고 있는 독자분은 붕어빵을 좋아하시나요?

그냥 글을 쓰다 보니 너무 길어지고 무슨 말인지 잘 모르겠어요.

이 글을 쓰는 와중에도 그 남자가 떠오르네요.

독자분들도 이쁜 사랑 하세요!!

눈사람

추운 겨울날
쓸쓸히 혼자 있는 눈사람

혼자 있는 모습이 짠해
목도리 하나 걸쳐준다.

눈사람아
봄이 오면 녹아 없어지거라
그것이 너의 평온이고 행복일 것이다.

은둔

새하얀 눈으로 덮인 길
뒤를 돌아보니 쓸쓸한 발자국이 보이고
투명한 빙판엔 초라한 내 모습이 비친다.

눈아 더 많이 내리거라
더 많이 내려
내 쓸쓸한 발자국과
초라한 날 비춰주는 빙판을 가려 주거라

올 겨울 내 마지막 소원이다.

겨울 같은 사랑

많이 사랑해서
많이 힘들었다.

겨울보다 추운 네 곁에 있으려니
내 마음이 천천히 얼어갔다.

얼음보다 차가웠던 사람
얼음보다 차가웠던 사랑

흰 눈이 내 마음에 서서히 쌓이기 전에
누가 내게 와서

따뜻한 난로 하나 가져와

봄처럼 눈 좀 녹여주렴

산타

산타가 있다고 믿었다.

받는 것 보다
주는 걸 더 좋아하는.

시간이 흐르고,
언젠가부터 산타가 보이지 않는다.

아,
실은 산타도 주기만 하며 지쳐갔었구나.

흰 수염 너머
산타도 나처럼 울고 있었겠지.

산타는 없다.

주기만을 원하는 사람은 없다.

2년 전 겨울

안녕

너와 끝을 맺고 처음 맞이하는 겨울이네.

2년 전 12월의 끝을 바라보고 있을 때 나의 취중 고백으로 우리는 시작했었지.

그해 겨울은 날씨는 추웠지만 나는 추위가 느껴지지 않은 만큼 너의 따스함으로 물들었었어.

겨울이 거의 끝나가고 있을 무렵에 크게 싸워서 잠시 유예기간을 거치고 있었을 때

나는 부산으로 교육을 들으러 갔었는데 교육을 받는 동안에도 온통 네 생각에 사로잡혀 끙끙 앓았었어.

교육을 끝마치고 다시 돌아온 그날 내 집 앞에서 잠

간 보자는 너의 말에 추운지도 모르고 네가 오기만을 기다렸어. 마침내 서로 마주 보았을 때 말없이 내 품에 안겼던 너.

그런 너를 보고 미안하다고 말하며 눈물로 안아주었던 그 겨울의 어떤 날.

그렇게 우리의 첫 번째 겨울을 보내고 봄을 맞이하며 중간중간 여느 연인들처럼 싸우고 화해하기를 반복하고 같이 울고 웃으며 그렇게 다음 겨울을 맞이했었지.

다음의 겨울까지의 그 시간 동안 너는 나에게 행복이 무엇인지 느끼게 해주었어.

나라는 사람이 조금 괜찮은 사람이 되고 싶다는 생각이 들게 해주었어.

두 번째 보내는 겨울은 첫 번째 겨울보다 더욱 커진 너를 향한 마음으로 행복하게 보낼 수 있었어.

행복했던 겨울을 보내고 맞이한 봄 그리고 이별의 여름을 끝으로 우리는 서로 다른 길로 걸어가게 되었지.

그날 이후 한동안은 인생이 다 부질없다고 느껴질 만큼 고통 속에 사는 하루하루였던 것 같아. 슬펐던 여름이 지나고 가을로 넘어가기 전 나는 새로운 삶을 시작했어.

네가 내게 주고 간 감정의 조각으로 나는 글을 쓰게 되었어.

글을 쓰기 전에는 떠난 네가 무척이나 원망스러웠었는데 지금은 고마운 감정만 남았어.

네 덕분에 멋진 사람이 되고자 했고 지금은 그 단계를 밟아가는 중이야.

아직은 모자란 모습이지만 그래도 나로 인해 위안받는 사람들이 생긴 요즘 내가 생각해도 조금은 괜찮아 보여.

이번 겨울은 쓸쓸할 줄 알았는데 내 곁에 나를 응원해 주는 사람들이 있어 외롭지 않을 것 같아.

너도 나처럼 행복했으면 좋겠다.

모든 아픔이 비껴갔으면 좋겠다.

우리 언제라도 우연히 만나게 되면 꼭 서로에게 겨울눈처럼 환한 미소를 건네었으면 좋겠어.

너의 겨울도 따스하길 바라.

그럼, 안녕.

마치 겨울과 같은 사랑

가을이 언제 왔었냐는 듯 떠나버리고
불현듯 찾아와 버린 시린 바람
살을 에는 듯이 차가운 바람

당신의 마지막 그 말은
한겨울의 바람과도 같아
내 마음마저 차갑게 물들였습니다.

사랑이 이리도 아플지 알았다면
당신을 만나지 않았을까요

그대가 차갑게 떠날 줄 알았다면
슬픔의 농도가 옅었을까요

나는 아직도 그날의 겨울에
멈춰있는 듯합니다

그날의 당신의 온기
그날의 당신의 표정
그날의 당신의 음성

아직도 마음에 잔상으로 남아
겨울이 찾아오면 떠오르곤 합니다.

겨울의 향수

겨울을 떠올리면 코끝을 간질이는 저마다의 향수가
있습니다.
그 향수가 사람들이 겨울을 기다리게 되는 이유가 되
는 것 같습니다.

길거리에 김을 모락모락 피어내는 주황색 천막의 노
점들.
그 안에서 호호 불어가며 겨울 간식을 먹는 사람들.
눈 내리는 날 집 근처에서 코와 볼이 빨개지는 것도
모른 체 눈사람 만들기와
눈싸움의 열중인 아이들.

쇼핑몰 안에 들어가면 각자의 선물을 준비하며 얼굴에 드러나는 설렘의 표정들.

가로등 아래서 눈을 맞아가며 사랑의 언어를 나누는 연인들.

분위기 좋은 레스토랑에서 즐겁게 이야기를 나누는 가족, 친구, 연인의 모습.

경치 좋은 곳에서 서로의 사진을 찍어주며 끊이지 않는 웃음소리들.

겨울은 분명히 가장 추운 계절이지만 아이러니하게도 따스한 온기가 느껴지는 계절인 것 같습니다.

사람들은 약속이라도 한 듯한 마음 한뜻으로 겨울을 맞이합니다.

어느 곳을 가도 사람들의 온기가 느껴집니다.

눈송이처럼 포근한 마음이 느껴집니다.

어른, 아이 구분 없이 전부 동심으로 빠져봅니다.

나 또한 거기에 동참해 봅니다.

동심에 빠져 각자의 눈동자에 밝은 빛을 담습니다.

각자의 빛이 모여 세상이 행복해지길 바라봅니다.

꽈배기 스웨터

보푸라기가 많이 일어나서 어쩌면 버려야 할지도 모르는,

아니 진즉 버렸어야 할 갈색의 스웨터가 있다.

서울로 상경을 하고 처음으로 구매했던 갈색의 커다란 꽈배기가 엉킨 듯한

겨울 스웨터. 친구들은 마치 곰 같다고 놀려댔을지라도 갈색의 스웨터를 참 자주 입었었다.

첫 출근날, 첫 회식에서도, 오랜만에 친구와의 만남에서도 갈색 꽈배기 스웨터와 늘 함께했다.

창밖의 아무리 추운 회색 공기가 덮어와도 나를 안

아주는 포근함의 스웨터가 있어 든든했다.

　해가 지날수록 쌓이는 옷들 속에 밀리고 밀려 끝자리에 있는 스웨터,
　이제는 보풀이 너무 일어 민망하기까지 하지만 처음 샀던 옷이라는 큰 의미를 부여해 놓으니
　버리지 못하고 힘든 시간을 함께 시작한 것 같아 애착이 간다.
　보풀 하나하나 추억이 몽글몽글 뭉친 거로 생각하는 지금의 내 모습이 그저 우스울 뿐이다.

초등학교 때

초등학교 4학년 때까지 나무 바닥 교실을 썼다. 나무가 쩍쩍 갈라진 고동색의 바닥.

실수로 실내화를 안 챙긴 날에는 맨발로 하루를 보냈어야 했는데, 양말을 신었어도 가시 박히는 일은 허다했다.

또 바닥에 엉덩이를 깔고 앉아 다 같이 하던 공기놀이 시간에는 손을 싹 쓸어서 손에도 가시가 많이 박혔지.

지금의 깔끔하게 코팅된 매끄러운 교실 바닥은 그때 비하면 최고의 바닥일 것이다.

미끄럽고 잘 더러워져도 가시가 박혀 아플 일은 없을 테니.

교실 나무 바닥은 항상 기름걸레로 닦았는데 방과후에 다들 책상과 의자를 전부 밀고 바닥을 쓸고
기름걸레로 닦았었다. 양쪽으로 넓게 펼쳐진 기름걸레 하나면 교실도, 복도도 금방 청소할 수 있었다.
올라오는 냄새가 고약해서 그렇지.
따로 청소 당번을 정하지 않아도 당연하게 책상과 의자를 밀고 청소를 했었는데
얼마 전 지금 학교에서는 학생들이 청소하지 않는다는 기사를 봤다.
사실 그런 사소한 부분도 일상의 큰 추억이 될 수 있는데 안타까움이 느껴졌다.
요즘 친구들은 기름걸레를 모르겠지. 커다랗게 뭉쳐진 먼지 뭉치를 걸레에서 털어낼 때 엄청난 쾌감도.

또 겨울이 오면 난로를 썼었는데, 늘 교실 앞쪽에 난로를 둬서 뒷자리 친구들은 추움의 억울함을 표출했다.

나 또한 항상 난로에서 먼 자리에 앉았었는데 한번 자리 교체를 한 후 난로 근처에 앉았을 때

너무 뜨거워서 곤욕을 사기도 했고 심하게 풍겨오는 난로 기름 냄새에 정신이 몽롱하기도 했었다.

당시 한 반에 40명 가까이 친구들이 함께했고 반도 학년마다 8개가 넘었는데 그 많은 아이들이

난로 하나에 의지했다니 지금 생각해 보면 참 안쓰러우면서도 웃긴 일이다.

쉬는 시간이 되면 난로에 둘러싸여 난로 위에 빵도 올리고 초콜릿 가루를 친구와 절반씩 나누어

타 먹던 우유도 올려 뜨끈하게 먹었는데 난로에 다 같이 둘러싸여 온기를 나누던 때가 생각난다.

불과 몇 년 전인데 지금의 교실은 참 많이 변했고, 발전했다.

교실 나무 바닥의 퀴퀴한 냄새나, 넓은 기름걸레나 기름 난로도 이젠 찾아볼 수 없는 진짜 추억이 되어 버렸다.

겨울과 나의마음

겨울과 나의 마음은
얼음과 같은 거 같다.

겨울도 차갑고
나의 마음도 차갑고

얼어붙은 겨울이 지나면
나의 마음도 녹아 없어지겠지.

2. 한민진

겨울이란?

겨울이란? 무엇일까?

차갑고, 춥고, 배고픈 하루이면서

한편으로 따뜻하고 포근한 겨울이 되겠지

겨울뿌수기

겨울을 부수기 위해 뭐가 필요할까?
맛있는 군고구마, 군밤, 호떡? 어묵?

겨울을 부수기 위해 뭐가 필요할까?
털모자, 털장갑, 털목도리, 털신

겨울의 공감

겨울이 찾아왔네, 땅은 하얗게 덮였고,
얼음꽃이 찬란하게 피어나는 계절.
실버의 망토로 자연을 덮쳐,
추위 속에서도 아름다움을 뽐내네.

얼음결정이 하늘에서 춤을 추며,
얼어붙은 강물은 시간을 기다리고.
한기가 고요한 숲속을 감싸네,
동화 같은 풍경이 마음을 설레게 해.

한 사람 한 사람이 따뜻한 불을 밝히며,

같이 어우러지는 이 시간이 기특해.

겨울은 고요한 아름다움의 시간,

눈 속에서 꿈을 꾸며 우리는 함께한다.

겨울의 작별인사

처음 마주했던 몇 해 전 그때도 겨울의 문턱이었지
그때만 해도 오랜 시간 동안 함께할 줄은 몰랐었지.

한해, 두 해, 세 해, 네 해
코로나로 인한 비대면 시대가 되었을 때도 유일하게
자주 만나 함께 했었던 네 번의 겨울을 보내고 유독
추웠던 지난 겨울날 작별 인사를 해야만 했었어.

언젠가 작별 인사를 해야 할 거라는 걸 알고 있었지
만, 예상했었던 것보다 작별 인사를 해야 할 때가 빨
리 다가왔었지.

그래서 그런지
지난겨울 작별 인사를 했었던 그날
내색은 안 했지만...
유난히 아쉽고 미안했었어.

그렇게 겨울날의 작별 인사를 한 후에
한동안은 고민도 많았고, 뭔가 모르게 허전했었어

물론 나를 위한 내 선택이었고, 내 결정이었지만....
초반에는 함께했던 그때로 돌아가고 싶었어

작별 인사를 하기 전에 한 번쯤은 제대로 잘하는 모
습 보여주고 싶었는데....
그렇지 못해 미안했었어

어느덧 작별 인사를 한 지 1년이 다 되어가면서
또다시 겨울이 다가오고 있어

다가오는 겨울을 느끼면서 문득 이런 생각이 들었어
과연 너는 날 어떤 사람으로 기억하고 있을지 궁금하
긴 해

내 기억 속에 넌
다정한 사람은 아니었지만, 날 위해 애써 준 고마운
사람, 그 무엇으로도 채워지지 않았던 내 마음을 조금
은 채워 준 따뜻한 사람으로 오랫동안 기억할 거야

겨울에 만난 그녀

유난히 추웠던 지난 어느 겨울날 그녀를 만났다.

처음 만났을 때 어색하게 첫인사를 하던 때가 엊그제 같은데...
벌써 지난겨울에 만난 그녀와 함께한 지 1년이 다 되어간다.

시간 참 빠르다.

수많은 사람에게 상처만 끊임없이 받으면서
살다 보니 새로운 사람을 만나는 게 언젠가부터 무서

워졌다.

그래서 겨울에 만난 그녀와도 쉽게 가까워질 수 없을 거로 생각했었다.

근데 말이지.

사교적이지도 않고 말주변도 없는 내가
조카뻘인 그녀와 짧은 시간에 가까워졌다.

나이 차이가 많음에도 불구하고 서로 비슷한 점도 많고, 무엇보다도 코드가 잘 맞아서 그런 게 아닌가 싶다.

개인적으로 안 좋은 일들이 많았던 날들.....
만난 지 얼마 되지 않았을 때부터 할 수 있다고 파이팅 해 주는 건 기본
걱정해 주고, 이것저것 챙겨주며, 나에게 많이 신경 써 주는 그녀를 보면서 늘 상처만 받았던 내가 관심과 챙김을 이렇게 받아도 되나 싶은 정도다.

겉으로는 아닌 척했지만, 겨울에 만난 그녀가 나에게 가져주는 관심이 좋다.
그러면서도 또 다른 한편으로는 또 다른 상처를 받게 될까 봐 겁도 난다.
물론 상처를 줄 그녀가 아니라는 걸 아는데도 말이다.

내 인생에서 아무리 벗어나려고 발버둥 쳐도 벗어날 수 없는 재활이라는 무한 굴레
끝이 보이지 않는 재활이라는 긴 여정을 지난겨울에 만난 그녀와 하고 있고, 점점 더 가까이 다가오고 있는 올겨울 나는 얼마나 나아질 수 있을까...

지난겨울에 만난 그녀와 본격적으로 함께할 올겨울이 나에게 어떤 변화를 가져다줄지 나조차도 궁금하다.

분명한 건 수 십 년 동안 재활이라는 걸 하면서 웃어 본 적 없는 내가 그녀와 함께하면서부터는 아픔에 소리를 지를 때도 있지만, 웃으면서 한다는 거다.

실력 있는 그녀와 한해, 두 해 아닌 오랫동안 추운 겨
울을 함께할 수 있는 인연이었으면 좋겠다.

날 위한 선택이었고, 날 위한 결정이지만,
초반에 다시 다른 데로 옮겨야 하나 한참 고민하고
있던 찰나에 첫눈처럼 내 앞에 나타난 그녀 고마워
우리 오래오래 함께해

올 겨울에는

지난 몇 해 동안 유독 겨울에만 감당하기 힘든 일들이
끊임없이 터졌던 힘겨웠던 나날들이었다.

부디 올겨울에는 힘겨운 일 없이
무사히 별일 없이 보낼 수 있는 겨울이기를

그리고

올겨울
나의 작은 바람이 있다면

코로나 터지기 전까지 매년 겨울 길거리 모금 행사를 통해서 나의 최애 작가님 만날 기회가 있었다.

코로나 터지기 전 길거리 모금을 했었던 몇 해 전 그 겨울날처럼
올겨울에는 길거리 모금 행사를 통해 다시 나의 최애 작가님을 만날 수 있기를 간절히 바라고 또 바란다.

지난 몇 해 동안 감당하기 힘든 일들로 인해 지칠 대로 지쳐 이젠 더 이상 버틸 힘조차 없는
나는 올겨울 나의 최애 작가님을 만나 작가님의 따뜻한 온기를 잠깐이라도 느껴야만이 다시금 버틸 수 있을 것 같기에....
올겨울에는 최애 작가님을 만날 수 있기를 빌고 또 빌어본다.

겨울 사랑

마음 서리게 추운 날
그대와 나 추운 날 덕분에
함께 할 수 있는 날

계절이 오고 가는 날들 속에

그대와의 추억이
차곡차곡 쌓이며
눈 내리는 발자국 남기듯
펼쳐진다.

사랑은 겨울에 피는 눈꽃
그대라는 계절에 피는 꽃을
오늘도 마음에 담는다.

사랑 내리는 겨울이
기다려지는 이유라면
당신을 꼭 안을 수 있는
추위 덕분이오...

당신과 나 오늘도
차곡차곡 쌓인 추억 속에
발자국 남기며
스산한 마음으로
잠잠해지다.

겨울꽃

물과 바람의 바램으로
만들어진 꽃

눈으로 볼 수 있는
눈으로 만들어진 꽃

하얗게 차곡차곡
꽃밭 이루며
피어있다.

겨울 하늘 아래로

수없이 쏟아지는
꽃의 향연에
추운 서린 입김마저도
향기롭다.

부드러운 입맞춤에
녹아드는 마음마다
향기롭다.

파랑 겨울

울렁이는 마음이
끝없이 펼쳐진
파랑

그게 겨울 하늘이라지

내 마음
몽글몽글 해지듯
눈 내리는 날
파랑이 더욱
하얀색 사이로

뚜렷이 보이면

나 설렘으로 마음을
달래 본다.

팔랑팔랑
파랑 파랑

하늘 위에
날개 펼쳐지듯
눈이 내리면

나 사랑으로 마음을
달래본다.

어떻게 표현할 수 있을까요
울렁이는 파도 같은 이 마음을
겨울 하늘에 펼쳐진 파랑을
바라보면서요.

겨울 기차

요란하고 고요한 겨울 기차는
외딴곳을 탐험하는 우주선

아무도 모르는 곳으로 아무도 없는 곳으로
아무 소리도 없이 적막한 공기만이 우리를 감싸네

취이익 취이익 이따금 들려오는 바람의 소리는
저마다의 종착역을 안내하는 오솔길

들리지 않는 소리를 들으려
오늘만큼은 창문에 귀를 기울여 봐

화-아아 입김으로 살며시 말을 걸어보니

자연스레 들려오는 한마디의 혼잣말

뽀독 뽀도독 'ㅅㅏㄹㅏㅇㅎㅐ'

낙천동 樂天冬

하루 종일 창밖을 봐도
하루 종일 귤을 먹어도
하루 종일 뒹굴거려도
내일도 겨울이잖아?

오늘 코끝이 시려도
오늘 마음이 시려도
오늘 하루가 시려도
내일도 겨울이야!

하루는 하품하고
하루는 그림을 그리고
하루는 산책하러 나가도
내일 또 겨울이라고!

아무 일이 없어도 무슨 일이 있어도
내일은 그저 겨울인걸?
하루살이마저 겨울에 태어나면 행복할 거야.

살신성인 베이커리 카페

붕어빵은 코트를 입고 호빵은 양말을 신어
코코아는 모자를 쓰고 라떼는 이불을 덮어

"이제 좀 따뜻해졌는지요?"
"네, 제법 따끈해졌어요. 식기 전에 어서 들어와요."

붕어빵은 입김을 불고 호빵은 맨발로 인사를 해
코코아는 민머리로 라떼는 잠옷 차림으로 인사를 하지

"안녕하세요."
"아, 네. 반갑습니다."

"기다리느라 많이 추우셨겠어요."
"아. 예.. 조금.. 허허"

간단한 인사를 마무리로
모두 모두 잡아 먹혔지롱

눈이 녹으면

눈이 녹으면
그대 이름 석자를
흙 위에 작게 새길 것입니다

그대를 처음 만난
봄이 다시 내게로 다가오면
나를 떠난 그대 대신 봄을 사랑하겠습니다

그렇게 여름이 오고 가을이 와도
봄만을 사랑하다가
다시 겨울이 찾아오면

눈 위에 그대의 이름을 적어

눈이 녹을 때 미련 없이

함께 흘려보내겠습니다

눈꽃

당신은 나를 위해
벚꽃보다 먼저 만개한 꽃이었습니다

그랬던 당신은
내 손이 따뜻했던 탓인지
당신이 차가웠던 탓인지

내 손 위에 떨어지는 눈꽃이 되어 녹아버렸습니다.

눈은 하염없이 쌓여갔고

소복이 쌓인 눈 위로는 투명한 발자국만이 가득 찍혔습니다.

그 옛날 김장원정대

"언니, 집 앞에 김치통 놓고 갑니다. 퇴근하고 확인 해요."

김장철이 되면 으레 받는 문자 메시지다. 이 문자를 보면 겨울이 왔음을 새삼 느낀다. 그리고 김장 날 엄마를 돕던 어린 시절이 떠오른다.

김장 날이면 엄마는 새벽부터 분주했다. 빨간 고무 장갑을 끼고, 두툼한 오리털 조끼를 입고 목에는 목도리를 칭칭 감았다.

"얼른 일어나!"

엄마를 따라 찬 바람 맞으며 절인 배추를 옮기고, 김칫소 재료를 하염없이 다듬었다. 그 힘든 과정을 군말 없이 이겨낼 수 있었던 것은 그 끝에는 언제나 수육을 맛볼 수 있었기 때문이었다.

엄마의 김치와 수육은 언제나 넉넉했다. 왜냐하면, 동네 아줌마들이 몰려오기 때문이었다. 덕분에 90년대 서울에 살면서도 품앗이 문화를 경험할 수 있었다.

"실컷 먹고 남은 건 또 싸가! 고기 넉넉하게 삶았어!"

엄마는 김치공장 CEO처럼 넉넉한 인심을 자랑했다. 동네 아줌마들은 숙련공들처럼 재빠르게 움직였다. 엄마는 일사불란하게 움직이는 그들에게 과일도 주고 커피도 주고 박카스도 주었다. 그 옆에서 과일을 먹는 일은 어렵지 않았다. 그러나 커피나 박카스를 먹는 일은 굉장한 노력이 필요했다. 아주 어렸을 때는 '한 입만' 기회를 노려야 했다. 그러면 어른들은 아주 작은 티스푼으로 커피나 박카스를 내 입으로 넣어주었다. 조금 자라서는 조용히 기회를 노렸다. 어른들 커피를 타면서 내 것을 한 잔 더 탄다든지, 몰래 박카스를 들고 내 방으로 들어와 혼자 홀짝이며 마셨다.

김장 날은 좀 귀찮고 시끄러웠지만 내게 떨어지는 콩고물은 달콤했다. 그래서 엄마와 함께 김장 장보기를 할 땐 왠지 기분이 좋았다.

늘 50포기 이상의 김장을 해내고 겨우내 그 김치를 꺼내먹었던 그 시절 엄마가 다시 생각하니 참 대단하다.

우리 집 김장이 끝나면 엄마는 김장원정대가 되어 바빠졌다. 오늘은 우리 집, 내일은 민지네 집, 모레는 희진이네 집 이런 식이었다.

'거기 가면 분명 맛난 게 있을 텐데' 생각하며 따라 나섰지만, 엄마는 절대로 나를 데리고 가지 않았다. 아이들은 놓고 품앗이에 참여하는 것이 암묵적인 규칙이었다. 그 대신 김장을 다녀오면 엄마가 가져오시는 수육과 겉절이로 푸짐하게 저녁을 먹었다.

분명 똑같은 사람들이 담그는 똑같은 김치인데 집마다 그 맛이 오묘하게 달랐다. 어떤 집은 달고, 어떤 집은 짜고, 어떤 집은 매웠다. 전국 방방곡곡을 돌아다니지 않아도 전국의 김치를 맛볼 수 있었다. 덕분에 중학교 시절 각 지역의 김치 맛이 지정학적 위치와 밀접한 관련이 있다는 사실을 배울 때 금방 이해할 수 있었다. 다양한 지역의 사람들과 허물없이 교류했던 엄마의 젊은 시절이 떠오른다. 친척보다 더 가까운 이웃사촌 덕분에 나는 겨울이 되면 떠들썩했던 김장 날이 떠오른다.

워킹맘으로 살아가는 지금은 김치가 가득 담긴 김치통을 선물 받고 밥을 산다. 수육을 사고 싶은 마음을 꾹 참고 브런치 가게로 간다.

브런치 가게에 앉아 우아하게 포크와 나이프를 분주하게 움직이지만 김장김치를 쭉 찢어서 수육에 돌돌 말아 먹던 그 감성이 문득 그립다. 따뜻한 아메리카노 한 잔을 양손 사이에 쥐고 호호 불며 고즈넉하게 마시지만 커피 믹스를 티스푼으로 떠먹던 그 시절이 그립다.

그 무엇보다 동네 아줌마들을 모아 영차영차 김치를 담그시던 젊은 우리 엄마가 그립다.

내가 싫어하는 계절

겨울이란 계절은 고통만 가져다주는 것 같다.
추워서 손발이 저릿해지고, 관절이 굳어버린다.
그나마 온기 있던 심장조차 얼어붙는 통증을 준다.

해마다 돌아오는 겨울의 추위는 너무나 아프다
내 곁을 지켜 주던 이들이 많이 떠나는 계절이라
더욱더 이 겨울의 차디찬 공기가 싫어진다.

몸도 마음도 아프게 만드는 이 계절이 다시금 돌아왔
다.
이번 겨울엔 또 누구를 데려가려나 걱정이 먼저 든다.

이별로, 추위로 나를 아프게 만드는 계절이 싫다.

더욱이 내 온기를 가득 채워주던 이가 떠났기에
이번 겨울은 나에게 더 빠르게 다가오는 것 같다.
나는 이 겨울을 증오하게 된 것 같다.

순백

소복이 나린 눈으로 순백의 세상이 되었다.
얼마 지나지 않으면 더러웠던 본연의 모습이 될 테지.
조금이나마 더 눈에 담아 보려 한다.

밤사이 사부작사부작 나린 눈이 반갑다.
지난밤 아파서 울던 나를 위로하는 것 같아서,
너무 많이 아파하지 말라고, 추운 겨울도 잠시라고
나에게 그리 알려 주는 것 같아서 반갑다.

소복이 나린 눈이 더럽던 세상을 순백으로 만들고,
밤사이 사부작사부작 나린 눈이 날 위로해 줘서

이 차디찬 겨울도 조금 덜 미워진다.

나를 아프게만 하는 게 아니란 걸 알곤 있지만
아직 하얀 눈 말곤 겨울을 사랑할 수 없을 것 같다.
나는 아직 이 추운 겨울이 너무 밉다.

그 가운데서

우리가 우리였던 그때의 기억을 되짚어 보면
아마 사계절 중 겨울의 이야기가 가장 많지 않을까
싶어
내 슬픔과 기쁨을 너에게 다 보여주었던 시기니까.

이번 겨울부턴 우리가 아닌, 홀로 겨울을 맞이하고 있어
네가 더 이상 나를 사랑하지 않듯, 나도 널 사랑할 수
없으니까.
앞으로 이 계절의 추억은 너를 제외한 사람들과 만들
겠지

내 모든 것을 너에게 보여주었던 그 계절 가운데서
더는 전하지 못할 글을 쓰고 있어

진짜 이제 안녕,

내가 사랑했던 사람에서 이젠 내가 사랑했던 기억으로
내가 쓴 글 속에서 그렇게 계절로 남길 바라.
나와 함께 했던 그 따스한 겨울에서 행복하길

시린 겨울 어느 날

남지 않은 나뭇잎들이 바람에 흔들거리며
하나 둘 떨어지는 게 겨울이 그려집니다.

길거리엔 떨어진 낙엽들이 굴러다니고
걸어 다니는 사람들은 추위에 떨고
하늘은 차가운 색으로 흘러가고 있죠.

하얀 눈, 그리고 겨울

시린 바람만 불어올 때는
옷만 껴입고 느끼지 못했지만

하얀 눈송이가 하늘에서 내려오고 나서야
겨울이 왔다는 걸 실감하고 있습니다.

아침은 길고 저녁은 짧다

같은 일곱 시를 가리키고 있지만
오전은 밝고 오후는 어둡습니다.

서서히 밝아오는 아침 시간은
하늘에 떠 있는 태양이 있어
조금이나마 괜찮을지 몰라도

서서히 어두워지는 저녁 시간은
하늘에 떠 있는 달,
빛에 의지하기엔 조금 어렵죠.

겨울이 왔다는 걸 주변의 공기뿐만 아니라
하루가 흘러가는 시간으로도 느낄 수 있습니다.

눈사람

하얀 얼굴
하얀 손, 발
하얀 바람을 온몸으로
맞고 서서 까만 눈동자를 굴리며
누구를 기다릴까.
하나둘 발자국도 지워지고
거리의 불빛은 붉은 기운을 감추고
파랗게 추운 밤 옷깃을 여몄다.

하얀 얼굴 위로
하얀 분가루가

하얀 눈물로 내리면

까만 눈동자를 깜박이며

조바심 나는 마음을 감췄다.

저 멀리 낯익은 얼굴이

바쁜 걸음으로 달려 스쳐 갔다.

그것으로 되었다.

일분일초 겹치는 순간만으로도

그대의 마음이 닿았다.

첫눈을 기다려..

하늘마저 찬 기운에 움츠러들어

차마 고개 들어 눈도 못 맞추고

손만 살짝 내밀어 인사를 건넸다.

간밤 포근한 기운은

아침을 열고 후 입김까지 얼려버렸다.

빗방울 받치는 우산으로

나풀나풀 눈꽃을 가릴까.

가슴 한쪽으로 따뜻한 눈물이 맺혀도

내심 설레는 이유는

너와의 약속이 오늘이었던 것 같다.

첫눈이 오면

고운 얼굴에 고운 미소를 그려 넣고

살짝 언 손안에 한 움큼 솜털을 쥐고

너의 손 위에 하얀 눈사람을 올려놓을 테지.

쌀쌀한 소리를 내며 밀어내도

한 번쯤 웃어주겠지.

첫눈 오는 날에..

아침 일찍 일어나자마자 창가에 눈을 붙이고
그대 오시듯 첫눈을 기다립니다.
하얀 옷을 입고 사분사분 내 앞으로 걸어오실
그대를 두 발이 한걸음에 마중할 겁니다.
긴 옷자락 스르르 스르르 눈길을 스치면
종종종 내 발자국은 뒤꿈치를 들고
앞서 눈웃음으로 서 있겠습니다.
어디에 있었느냐?
왜 이제 오냐?
묻지도 답하지도 않겠습니다.
그저 마주 보고 두 손 잡고

웃음을 나누고 온기를 나누며
영원의 약속을 기억하겠습니다.
첫눈 오는 날에
그대를 만나러 갑니다.
그대 닮은 분홍 꽃을 꼭 쥐고
그대를 만나러 갑니다.

겨울이야기

"겨울 이야기"

각자가 느끼는 게 다르다.

어떤 이는
'눈'을 상상하며,
아름다운 형상.
아름다운 눈의 결정.
온 세상이 하얗게 덮인 모습을 떠올린다.
'낭만'을 추구하는 나 또한 이 장면을 머릿속으로 그
린다.

하지만,

군대 때를 생각해 보면.

출, 퇴근 때를 생각해 보면.

'눈'이 그리 반갑지는 않다.

질퍽거리는 길.

미끄러운 길.

누군가는 치워야 하는 '일'.

삶과도 형상화할 수 있다.

멀리서 바라보면 희극.

가까이서 보면 비극이 떠오른다.

나는 세상을 바라볼 때,

늘 새로운 '관점'을 찾는다.

그리고 이 '겨울'은.

'따뜻함'

'차가움'

'고됨'

'사랑'

등의 키워드를 떠올릴 수 있다.

각자의 업무에 따라,

각자가 처한 상황에 따라,

관점은 항상 달라진다.

모든 상황의 낙관적인 부분은 좋지만,

100%로 치우치는 것은 좋지 않다고 생각한다.

하지만,

난 이 세상이 아름다웠으면 한다.

하얀 눈과같이 순수함이 남아있으면 좋겠다.

아직 세상을 살아갈 만하다고,

아직 '선'한 사람이 더 많다고,

남을 돕는 이들이 보이지 않을 뿐 노력하고 있다고.

믿고 싶다.

2023년의 겨울은.

부정적인 기운보다는,

긍정적인 기운이

사람들에게 가득하길.

간절히 기도한다.

첫눈

눈빛 하나 없는 밤사이에
소원들은 새하얀 이불로 세상을 덮었다

따스하게 미소 지은 햇살은
땅에 자리 잡지 못하고 튕겨져 나를 깨우네

이불 밑에는 달빛이 가득 차 있던 걸까
어둡지 않은 저녁이 만남을 비추어 준다.

이불 밑 달빛에 서로를 밤새워 생각했던 탓에
만남의 순간 계절이 지나도 녹지 않을
그대라는 눈이 마음속에 펑펑 내리고 있다.

굴뚝

폴폴 올라가는 연기
온몸을 불태우는 장작의 영혼 떠나간
그곳에는 아름다운 밤하늘이 남네

쉬이익 증기 내뿜는 밥솥
온 마음 담긴 따뜻한 한 끼에
추운 저녁 따뜻해지네

후후 불어 보면 보이는 호흡
그대 향한 마음 여전히 타고 있기에
내 호흡 끊이지 않으리

바람을 입고 흩날리는 마음은
밤송이 모양이 되기도 하고
눈송이 모양이 되기도 하네

그대가 어떻든 내 마음
그대를 감싸주리라

만년설

마음은 차갑습니다
멀리 갈수록 따뜻해집니다

이웃에게 화를 내었습니다
차갑게 식은 손은 너무 가까웠을까요
언제부턴가 손 닿지 않는
저 먼 곳으로만 악수를 청했습니다

가족에게 화를 내었습니다
하얗게 질린 창문은 커튼 뒤로 숨어야 했습니다
커튼은 계절을 가리니까요

우리 집은 계절이 하나뿐이니까요

저 먼 산은 흰 칼날을 하늘에 겨눕니다
차갑게 얼어버린, 식어버린 마음
태양은 우리들만을 바라보네요

뾰족하게 솟아오른 분노에도
아랑곳하지 않는 태양을 보고
산은 무엇을 기대할까요
무엇을 기대하기나 할까요

봄이 없어야 진정한 겨울이다

일 년을 봄, 여름, 가을, 겨울로 나누면서도 우리는 겨울을 끝이라고 생각하지 않는다. 겨울이 지나면 봄이 온다는 것을 모두가 알고 있기에.

겨울은 풍족한 자원도 없이 춥고 힘든 나날을 견뎌야 하는 시간이다. 동물들은 겨울잠을 자면서, 식물들은 이파리를 떨어뜨려 다가오는 추위와 굶주림에 대비한다. 그러나 그들은 그 끝이 어디인지 알기에 다가올 봄을 기다리며 버틸 수 있는 것이다.

연말이 되면 사람들은 지난 한 해를 돌아본다. 연초에 세웠던 계획과 다짐을 얼마나 잘 지켰는지, 혹은 올 한 해 무슨 일이 있었는지 되새겨보면서 말이다. 일 년 전의 다짐이 무색할 만큼 의미 없는 한 해가 되었더라도 괜찮다. 우리에게는 또 새로운 한 해가 있으니까. 매년 초에는 바스락거리는 새 다이어리를 사서 예쁘게 꾸미고 한 자 한 자 정성스럽게 올해의 계획을 적어나간다. 그게 작년의 계획이나 다짐과 크게 다르지 않더라도 결심하는 그때만큼은 작년과 다를 거라 생각하며 비장한 마음을 갖는다. 1년 365일 뜨는 해인데도, 굳이 1월 1일은 추운 날 산 정상에서 동동거리며 해돋이를 보고, 떠오르는 해를 보며 마음을 다잡는다. 지나버린 시간만큼 다가오는 한 해에는 더 열심히 혹은 더 의미 있게 살겠다고.

그러나 만약 겨울 다음에 봄이 오지 않는다면, 기약 없는 겨울의 끝을 우리는 견딜 수 있을까? 인생을 사계절로 비유하기도 한다. 풋풋한 유소년기를 지나 푸르고 싱싱한 청년기, 풍족하고 여유로운 장년기, 마지막으로 앙상하게 여위어 가는 노년기가 오는 것이다. 노년기는 말 그대로 인생을 정리하고 다가오는 죽음을 맞아야 하는 시기이다. 다시 유소년기에 접어드는 일 따위는 없다. 봄이 되어 세상이 여유롭고 풍족해질 거라는 희망으로 겨울을 견딘다면, 젊어질 희망이 없는 노년기는 어떻게 버텨야 하는 걸까? 타들어 가는 초를 보듯이 하루하루 시간이 가는 것을 아쉬워하며 살아야 할까?

가족을 챙기거나 친구와 함께하는 시간을 미루는 것은, 나에게 '다음'이 있을 것으로 생각할 때이다. 그리고 우리는 소중한 사람들과 함께하고 나의 꿈을 좇을 수 있는 완벽한 다음을 꿈꾼다. 지금의 이 바쁜 일이 끝나고 젊을 때 좀 고생한 다음 노년에 여유로워지면 그때는 가족과 친구, 그리고 나의 열정에 시간을 쏟을 수 있다고 생각하는 것이다.

그러나 이 겨울이 지나고 당연하게 봄이 오는 것과 달리, 우리가 꿈꾸는 완벽한 시간이 자연스레 오지 않을 수 있다. 우리가 모든 것이 완벽한 미래를 꿈꾸는 사이, 이대로도 충분한 현재의 행복이 하염없이 흘러가고 있다. 내게 다가올 봄이 당연하지 않게 되는 순간 우리는 겨울의 소중함에 집중하게 된다. '다음에' 혹은 '날이 좋아지면'이라는 핑계로 미룰 수 있는 시간이 얼마 없기에 역설적으로 매 순간 충실해질 수 있다. 우리는 그냥 오롯이 이 순간에 최선을 다해야 한다.

겨울은 춥고 힘들지만 동시에 따뜻하고 아름다운 계절이기도 하다. 이웃의 봉사와 사랑은 헐벗고 굶주린 겨울에 더 따뜻하게 다가오는 법이고, 하얗게 내리는 눈은 푸르른 나뭇잎도 없이 말라빠진 나무 위에 내려앉을 때 더 눈에 띄는 법이다. 추운 날 마시는 따뜻한 차 한 잔의 온기에 행복해하고, 매서운 겨울바람에도 흔들림 없이 서 있는 나무 한 그루에 감동하지 않는가.

치매에 걸려 지금은 요양원에 계시는 엄마와 몇 년 전 캄보디아에 여행을 갔다. 앙코르와트 관광코스 중에서도 쁘레룹에서의 일몰과 앙코르와트 사원의 일출이 유명하다. 일몰을 보기 위해 쁘레룹에서 이동하니 세계 각지에서 온 많은 관광객이 이미 자리를 잡고 있었다. 우리도 한쪽에 앉아서 해가 지기를 기다리고 있으니, 엄마가 물었다.

"이 사람들은 왜 다 여기 그냥 앉아있냐?"

"엄마. 여기 일몰이 유명하대. 그래서 일몰 보러 온 거야. 우리도 일몰 보고 가려고 지금 기다리고 있는 거고"

그러자 엄마는 기가 찬다는 표정으로 말했다.

"허이고~ 우리나라는 해가 없어서 여기까지 와서 해를 보냐?"

"아니 그래도 여기 일몰이 이쁘다니까 다들 보러 온 거지"

"쯧쯧, 다들 여행사에 속아서 여기 앉아있구면"

우리나라에서 뜨고 지는 해나 캄보디아에서 뜨고 지는 해가 같은 해인데, 멀리까지 여행 와서 겨우 해

나 보겠다고 앉아있는 관광객들이 엄마 눈에는 한심해 보였나 보다.

　사실은 엄마 말이 옳다. 여행지에서의 일몰은 우리 집 베란다에서 보는 일몰과 다르다고 생각하기에 우리는 여행지에서의 소중한 시간을 기꺼이 일몰 보는데에 투자한다. 관광지 한 군데라도 더 보기 위해 새벽부터 움직이는데도, 일몰을 위해서라면 한두 시간씩 멍하니 앉아 지는 해를 바라보고 있다. 그러나 여행지에서의 일몰은 내가 어제 봤던 일몰과 크게 다르지 않다. 해는 같은 길을 같은 속도로 묵묵히 움직일 뿐이다. 다만 여행을 가서야 일몰의 아름다움을 볼 기회를 찾고, 오로지 일몰을 위한 시간을 낼 수 있는 건 우리의 옹졸한 생각 때문이다. 따뜻한 봄이 되고, 새해가 되어야 마음을 다잡고 새롭게 결심하는 것이다.

　'지금 바쁜 일이 끝나면... 봄이 오면... 가족들과 놀러 가야지' 혹은 '새로운 일을 시작해야지'라는 건 일몰이 캄보디아에서만 있다고 생각하는 것과 다를 바

없다. 여행지에서 새벽에 일어나 일출을 보러 간다는 우리에게 엄마는 여전히 "한국에도 해 뜨는데 뭐 하러 이 새벽에 그거 보러 가냐?"면서도 같이 따라나섰다. 엄마는 해가 뜨고 지는 것보다 그 순간을 우리와 같이 즐기는 것이 중요하기 때문이었을 것이다.

앙코르와트 배경의 멋진 일출을 기다리지 않아도 된다. 내일 아침 뒷산에도 장엄한 해는 떠오를 거고, 여행지에서의 멋진 하루처럼 내일의 일상 역시 좋은 일들이 많을 테니까 말이다. 중요한 것은, 우리가 지금 서 있는 겨울의 한가운데에서 봄을 기대하지 않고 오롯이 겨울의 행복을 찾느냐이다.

겨울에 부치는 편지

겨울이 왔군요.

난 또 쓸쓸함을 잊을 수 있는 따듯한 것들을 떠올려요.

온기가 필요한 만큼 온기를 채울 수 있는 게 많아지는 점도 싫지 않아요.

그래도 몸은 차가워도 마음만은 따듯한 겨울을 맞이하길 바라요.

모두가 슬퍼도 당신만은 이 겨울이 싫지 않기를.

이번 겨울에는 성탄절이 아니어도 커다랗고 따듯한 기쁨이 찾아오기를.

당신의 겨울에 다정한 안부를 보내요.

올해도 다시 돌아왔군요. 고생 많았어요. 평화로운 행

복이 가득하세요.

안녕.

겨울을 맞이하며

매번 쫓기듯 살다 정신을 차려보면, 또 계절이 돌아와 있다.

날씨에 따라 기분이 바뀌듯이 어쩐지 쓸쓸한 날들. 옷장 깊숙이 잠들어 있던 무거운 것들을 꺼내고 그 무게만큼이나 세월을 체감하게 되기도 했다.

그러면 자연스레 떠오르는 의문들, 나는 무엇을 했고, 무엇을 하려고 하는가.

크게 달라진 건 없다. 다만 끊임없이 실패와 좌절을 반복하며 무언가를 해내려 애쓰는 자신이 있을 뿐. 스스로를 책임지고 발전시키는 건 오롯이 자신의 몫이었다.

사실 겨울을 좋아한다. 그맘때쯤의 차가운 공기도, 한기가 서려 떨리는 몸조차도 이때가 아니면 느낄 수 없는 계절의 향취인 것만 같아서.

솔직하게 마음의 쓸쓸함을 드러내어도 공감을 받을 수 있는 점도.

이 겨울을 보내면 따듯한 봄이 오겠지.

다시 미래에 기대한 채 또 한 번 계절을 지나간다.

그곳에는 오랜 따스함이 남기를.

너와 나, 우리 모두에게 바람을 적어 보낸다.

잘 지내자, 이 추운 날들아.

겨울비

눈으로 피지 못한 슬픈 물이 흐릅니다
차가운 공기에도 눈물 맛이 납니다.
그리하여 바닥에서도 줄줄 흐르는 진눈깨비
이리저리 채이는 검은 눈물을 밟습니다.

침묵의 겨울 속
가벼운 함박눈으로 피어날 수도 있으련만
날지 못해 하강하는 비는 무겁기만 합니다.
고된 삶을 닮아 비조차 버거운 겨울 초저녁
진눈깨비를 어깨에 달고 돌아갑니다.

하늘도 내려앉아 도시 가득 회색 칠을 하고
일기장 한구석에 마구 휘갈긴 낙서처럼
섣불리 어두워진 거리 속에 끼어
검은 비를 밟으며 그래도 집으로 돌아갑니다.

가로등 얇은 빛 아래
우산 꼭 쥔 당신의 미소가 있고
시린 손 데워 줄 당신의 너른 호주머니가 있고
어깨 앉은 겨울비 툭툭 털어 줄 커다란 손이 있어
가라앉지 않고 이 거리
겨울비 달고 꼿꼿이 걸어갑니다.

겨울 여행

    따뜻한 남쪽 지방에서 나고 자라서일까. 나에게 겨울은 그다지 현실적이지 않다. 온 나라가 꽁꽁 얼었다는 한파 소식에도 그다지 걱정하지 않는다. 겨울에는 잘 움직이지 않는 탓도 있을 것이고, 행동반경이래야 집과 직장이며, 대중교통을 잘 이용하지 않으니 그다지 날씨에 민감하지 않은 탓이리라. 어릴 때부터 멀미가 심한 편이라, 운전이 거친 기사가 모는 버스나 택시는 여지없이 중간에 내려 숨을 고르지 않으면 안 되었다.

그러나 희한하게 내가 직접 운전할 때는 멀미가 안 나니, 나에게 자가운전은 그저 이동을 위한 생존 수단이다. 자가용은 무엇보다 이동 수단으로서 효용가치가 가장 크니, 신차에 대한 욕심도, 차 인테리어도 그다지 관심이 없다. 그저 무사히 이동하게 해 줄 안전이 최우선이었다. 혹여 다른 사람이 운전하는 자가용이라도 조수석이 아닌, 뒷자리에 앉으면 멀미가 괴롭혀 여행 초반부터 진땀을 뺀다. 그리하여 거의 내 차로 이동하자는 제안하고 기사를 자처하니 누가 싫다 하랴. 물론 좋은 장소에서 술 한 잔이 아쉬워 후회하기도 하나, 사실 알코올과도 친하지 않다. 쓰다 보니 참 멋없다 싶으나 나름의 내 인생 즐기기 기준이 있다 보니, 타인에 맞추지는 않는 편이다. 나를 잘 아니 맞추어서 즐기면 된다.

제일 아쉬운 것은 비행기를 잘 탈 수 없다는 것이다. 그냥 멋모르고 갔던 첫 해외여행에서 압력을 견디지 못한 귓병으로 이국 도착 후 이틀을, 귀국 후 일주일을 앓았다. 한 번 움직이려면 미리 병원 약이며 마음가짐

까지 준비할 일이 두려워 거의 비행기는 그림의 떡이다. 휴가 기간 해외여행 다녀온 친구들의 자랑을 듣노라면 내색은 크게 하지 않으나 부러움에 집에 와선 괜스레 내 귓병에 대한 검색만 해댄다. 의사선생님도 어쩔 수 없다는 걸 인터넷에 명약이 있을 리 없다.

이런 사정이다 보니, 결국 여행 반경도 좁다. 사실 사계절이 아름다운 우리 강산도 볼거리가 얼마나 많은지 다닐수록 실감하고 있다. 그리고 한 번 가서 큰 감동한 곳은 그 계절이면 꼭 다시 찾게 된다. 게다가 자연 풍광뿐만 아니라, 그 속에서 키워 낸 문학, 미술, 음악 등 예술 공연이나 관람까지 곁들이면 아직 볼 것들은 너무 많다.

이래저래 여행 이력을 돌아보니, 그래도 겨울에 제일 움직이지 않았음을 알았다. 무주로 멋모르고 호기롭게 나섰다가 눈길 운전에 차가 헛돈 경험 후 크게 놀라 되도록 겨울 여행은 자제한 탓도 있다. 물론 하얀 설원에서 러브스토리 주인공처럼 드러누워 팔다리를 허우적대며 깔깔거렸던 기억은 항상 미소 짓게 한다. 하얀 설원은 그대로 마음에도 젖어 들어 순수한 동심으로 돌아가게 하는 매력이 있다.

올해 유달리 더위가 늦가을까지 지속된 탓인지 단풍이 영 부실했다. 자연은 받은 만큼 돌려준다는 진리 속에 인간의 이기적 개발에 기후는 제 궤도에서 자꾸 틀어진다. 가을이 준 실망 때문일까 올겨울은 반드시 흰 눈 속에 다시 뒹굴어 보자는 용기가 생긴다. 얼른 크리스마스 연휴를 끼고 강릉 호텔을 예약하고, 인제 자작나무 숲까지, 그리고 '목마와 숙녀'의 시인 박인환 문학관 탐방 코스까지 일정을 잡았다. 설원 속 자작나무 숲의 경관은 반드시 보고 싶었다. 그들의 겨울 낮은 숨소리에 귀 기울이고 싶었다. 그리고 고향 남쪽 겨울 바다와 다른 동해의 너른 품도 꼭 봐야겠다.

올 크리스마스가 기다려지는 요즘이다. 여행은 가기 전 설렘이 행복의 반을 차지한다. 용기내어 겨울의 참맛을 즐겨보자.

겨울 상념

낮게 내려앉은 찬 공기에 천지가 조심스럽고 침묵하는 겨울이다. 오늘도 나는 글을 풀어보나 제대로 쓰지 못하고 있다.

문자로 얽혀진 내 글이 진한 향기로 남아 오래 기억되는 글을 쓰고 싶었다. 문득문득 떠오르는 옛 연인의 향기처럼, 잔향을 남겨 돌아보게 하는 글을 쓰고 싶었다. 이런 욕심은 오히려 글을 쓰지 못하게 했다. 타고난 재능이 부족하면 악착같이 써내려는 끈기라도 있어야 하건만, 그저 스스로 실망하는 나에게 실망 중이다. 어린 나이 멋모르고 쓴맛 부린 글들이 불러온 섣

부른 칭찬들이 나에게 독이 된 것은 아닌지. 늘 돌아갈 곳은 '글쟁이'다 여기게 했으나 정작 글은 나를 부르지 않고 멀찌감치 떨어져 있다.

아직 여물지 않은, 설익은 사고와 신념은 올바른 길 안내를 해 주지 못한다. 그저 뱉고 싶다는 조바심에 자꾸 얕은 글만 끄적이는 것은 아닌지.

때로는 긴 말보다 침묵이 더 큰 의미로 다가가기도 하듯이, 나 역시 침묵의 계절을 보내야 하나 싶다. 날갯짓을 멈추는 새들처럼, 꺼낼 것 없는 속을 자꾸 헤집지 말아야겠다.다 떨궈낸 맨몸 그대로 겨울을 이겨내는 나목처럼 온통 멋 부린 치장을 다 거둬내고 싶다.

언제나 너른 품 그대로 깊은 속내 드러내지 않고 고요함을 전하는 바다처럼, 한 해의 끝, 이 겨울, 잔잔히 평정의 침묵을 가져볼까 한다. 내년 새롭게 돋아나는 상념들로 가득 채워질 날을 기대하며….

마지막 달력을 넘길 수 있는 이유

겨울이 가슴으로 성큼 들어온
12월입니다.

올해의 마지막 달이라는 핑계로
그리운 이들을 만나 부둥켜안고
안부를 묻겠지요

잊지 못할 추억들을 꺼내어
마냥 웃으며 시간을 보내다
아쉬운 발걸음을 돌려야 할 때,

마냥 아쉽지만은 않은 이유는
나도 그들도
계속해서 살아가기 때문일 겁니다.

올해가 간다고,
계획했던 일들을 미처 하지 못했다고
마냥 후회하지 않아도 되는 이유는
계속해서 살아갈 것이기 때문입니다.

부족했던 것들은 내년으로 잠시 미뤄두고
내가 나로서 올바로 설 수 있게
12월은 내가 하고 싶었던 일들을 하며
나를 돌보는 시간으로 채우려 합니다.

우리의 시간은
지금의 12월이 마지막 달이 아닐 테니까요.

첫눈이 내린다

보고 있지 않았다면 놓쳐버릴 첫눈이
서툰 마음으로 놓쳐버린 첫사랑처럼 내린다.

언제나 오려나 기다리던 사랑이었는데
예고 없이 툭 하고 첫눈처럼 내렸었다.

새하얀 눈 소복이 쌓이면
어떤 마음 적어볼까
두 볼마저 발개졌건만
허무하게도 땅에 닿자마자
눈물이 되어 흐른다.

그러고는 제 맘대로 뚝 그쳐버리는 모습이

언제 다녀갔나 싶은

그때의 마음과 너무나 닮아서

내가 그토록 첫눈을 기다렸나 보다.

채워지지 않을 마음에

계속 쌓이는 그리움을

그때의 나는 짐작이나 했으려나.

겨울잠

당신의 눈이 나를 담지 않던 날
나의 말이 당신에게 닿지 않던 날
사랑한다는 말에 의무만 남아있던 날

그런 날들이 켜켜이 쌓이던
어느 늦은 밤,
사랑을 그곳에 두고 나왔습니다.

함께할수록 짙어지는 외로움에
홀로 아팠다는 걸
차마 말할 수는 없었습니다.

겨울의 시린 바람이
남겨진 마음마저 얼어붙게 만들고
겨울잠을 자듯 멈춰진 시간이 지나가면
모든 것이 괜찮아지는 날이
내게도 오겠지요.

사랑을 두고
그리움을 가득 담아온 나는
이제 꽤나 긴 겨울잠을
자려 합니다.

괜찮은 꿈이었다고 말할 수 있으면
더 이상 바랄 것이 없을 겁니다.

겨울 달래기

겨울아 울지 마라
누가 너 보고 밤이 길어 싫다 하니
길거리에 조명들이
밤하늘 별보다 더 반짝이는데

겨울아 슬퍼 마라
누가 겨울엔 꽃이 져버려 싫다 하니
첫눈과 크리스마스를 반기는 사람들의
웃음꽃이 저리 피었는데

겨울아 가지 마라
누가 추운 게 싫다 소리쳐도
사람들 마음은 어느 계절보다
따뜻하고 푸근하더라

깨달음

어릴 땐 몰랐어요
겨울엔 손이 시리다는 걸
겨울은 귀가 아프다는 걸
겨울은 밤에 더 춥다는 걸

이제는 알게 되었죠

손이 시린 걸 몰랐던 건
따뜻하게 데워둔 손으로
제 손을 잡아주셨기 때문이고

귀가 아픈 걸 몰랐던 건

겨울이 오기 전에 미리

제 귀마개만 사두셨기 때문이겠죠

겨울밤이 따뜻했던 건

매일 밤 이불을 걷어차는 아들이 걱정돼서

중간중간 깨어나

이불을 덮어주셨기 때문입니다.

이제는 어른이라 알게 되었죠

겨울은 손이 시리단 걸

겨울은 귀가 아프단 걸

겨울은 밤에 더 춥다는 걸

행복한 눈사람

첫눈의 반가움
크리스마스의 행복함
새해의 설렘

내가 가장 아끼는 겨울을

한 줌에 움켜쥐어
정성스레 굴려본다.

어느 순간 커진 눈덩이
하나 둘 쌓아 올려

날 닮은 눈사람 하나

넌 내가 아끼는 겨울이니
세상에서 제일 행복한 눈사람이겠구나.

손은 눈사람을 사랑했고

손은 눈사람을 사랑하고 있다
오랜만에 그를 볼 수 있겠다는 생각에 얼굴을 붉혀가며
설레는 마음으로 눈사람을 만들어 냈다

이내 완성된 눈사람을 보며
붉게 달아오른 자신의 모습 못지않게
눈사람 또한 자신을 사랑해 줄 것으로 생각했다
그렇게 손은 눈사람을 한껏 꽉 껴안았다

곧 손은 성급했던 자신의 손길을 용서해달라 빌었으나
다시는 그를 볼 수 없었고

혹여나 하는 마음에 하늘을 올려다보았으나
새싹을 틔울 비만이 내리고 있을 뿐이었다.

어느 겨울날, 창문 너머

가슴에는 작게 내놓은 창문이 있다
햇빛으로부터 숨기 위해
암막 커튼을 쳐 놓았고
혹여나 누가 들어올까
아주 굳게 잠가 놓은 창문이다.

창문 뒤의 신선한 공기는
창문이 열리길 내심 기대하는 눈치로
가슴속에 작은 결정들을 조금씩 밀어 넣었고

창문 밖의 실버 벨 소리와 따뜻한 조명들은

창문을 열고 나오길 바라는 눈치로
방 안의 분위기를 흐려 넣었다

겨울을 등진 창문을 바라보고 있자니
창문을 열고 싶은 마음이 들었지만
그럼에도 난 여전히 겁쟁이일 뿐이었다

'이 외로운 나를 한 번 더 불러준다면'
하고 나갈 마음을 먹고 있을 적이었다

어느 날 한 눈 뭉치가 날아왔다.
설레고 놀란 마음으로 황급히 창문을 열었지만
여전하지 못한 겨울일 뿐이었다
창문이 닫혀 있을 때와 크게 다르지 않았다

그저 차가운 겨울의 외로운 공기가
아프도록 가슴 안쪽을 훑고 갈 뿐이었다.

염서

보고 싶은 그대야.

이름을 부를 수 없으니, 마음에 묻은 단어로 불러야겠지요.

그대야. 그대는 어떻게 지내십니까, 나는 끝없이 긴 터널을 달리는 중에 그대 이름 몇 자 늘어놓는 중입니다.

터널 끝에 그대 기다릴까, 입 밖으로 꺼내지 못하는 마음 한 줌 열어보지 못하고 먼발치서 기대하고 있습니다.

차가운 눈 몇 줌 내리면 새벽안개처럼 찾아오실까요.
눈 맞춤이 그려지지 않을 때면 찾아오실까요.

서늘한 밤공기에 여름 향내음을 느낍니다.
사사로운 것들에서도 당신을 비춰 보고 있습니다.

간혹, 멀리 계신 당신께서도 어설픈 사랑의 향내음을
생각해 주시렵니까.

艶書 /
애정을 담아 써서 보내는 편지.

읽을 수 없는 편지

지나간 사랑아

잘 지내지, 날이 추워.

물음표 없이 적어 내리는 이 종잇장이 요즘 따라 쓸쓸하게 느껴지네. 지나간. 사랑. 두 단어가 모순적으로 느껴지지만, 너를 품을 수 있는 단어가 내 문장으로는 표현이 안돼.

원래 여름이란 없다는 듯 울 차게 쏟아지는 빗방울 품으로 안개가 자욱하게 감추고 더 이상 온기를 찾아볼 수 없어. 추위를 잘 타는 네가 온기를 잃어버릴지 문득 생각이 나서 이런 안부를 적어 봐.

지나간 사랑아, 연약한 갱지 위에 적는 네 안부가 내게 어떤 의미일지 너는 가늠할 수 없겠지만 나는 네 영원과 안녕을 진심으로 기도했어.

보고 싶어. 많이.
사실 이 한마디를 차마 내 손으로 적기 힘들어 다른 말들을 주저리 늘어놨네. 그토록 되새기고 수없이 읊었던 말인데 이제서야 뱉어봐. 내가 그리워했다는 말에 네 표정은 어떨까
이제 네 모습을 그릴 수 없으니 가냘픈 종잇장 위에 너그런히 적어내려야겠지.

/
봄을 노래하던 우리 사랑은 저물었지만,
겨울의 따스한 햇살을 기다릴 수 있는 사람이 되었어.
봄이 그리워지면 내 생각 한번 해줄래?
창밖으로 그리운 소리가 들려온다면 내 온기를 느껴줘.

겨울, 사랑, 당신 나의 J

그대와는 천천히, 오래, 미지근하게.

확인받지 않아도 서로가 식지 않을 온도로 사랑한다
는 사실을 믿어 의심치 않는, 사랑한다고 말하지 않아
도 우리는 같은
마음일 거라 확신한. 그런 미지근한 사랑을 하고 싶다
고 말한 거 기억하시나요?

당신에게는 우리의 시간이 고작 지나갈 계절일 뿐이
겠지만

나의 스물, 눈으로 덮인 세상을 당신 생각 하나만으로도
얼어붙은 그 계절을 녹일 수 있다 자부했어요.
차가운 바람에도 식지 않은 마음을 알려주고 싶었어요.
어느 누구보다 따뜻한 마음을 주고 싶었습니다.
늘 같은 온도이길 바랐지만 돌이켜 보면 나는 당신보
다는 조금 덜 수가 있고, 조금 더 뜨거웠네요.

그래서인가 제 마음은 천천히 몇 해를 건너 그리움을
품고
멀리 와버렸나 봐요.

이제는 이 삭막하고 조용한 계절을
고이 접어 서랍에 넣어두겠습니다.

나중에 훗날 우리가 같은 시간을 걷게 된다면,
그때는 머무는 시간이 길었으면 해요.

우리 걸음의 종착이 서로의 발끝에 닿으면, 그때도 마음의

온도가 변함없이 다정함 속이라면

이 순간이 오면 우리 마음을 추억으로만 남기지 말아요.

/

사랑한단 말을 쓰지 않아도 당신을 사랑했다는 걸 느꼈을까.

사랑해라는 단어 안에 이 커다란 마음을 담을 수 없으니,

주저리주저리 오랫동안, 이 감정들을 곱씹어야지.

다음 해의 겨울이 오기 전 이 마음을 고이 접어 묻어야지.

호빵이 돌덩이가 된 사연

1. 호빵이 돌덩이 된 사연

20년도 더 되었다.
고등학교 시절로 기억되는 겨울,
그때까지도 우리 집엔 전자레인지가 없었다.

당시 집마다 흔하게 있던 가전제품 중 하나였는데
편리한 가전 하나 없는 게 마음에 걸리셨는지
대구에 사시는 외할머니께서 집으로 전자레인지를
사서 보내셨다.

시골 기와집에 들어온 신문물....

학교 근처에서 자취하던 내가 집에 가기까지

그 신문물은 아직 개봉 전이었다.

겨울이면

호호~ 불어먹는 달짝지근한 호빵을 아주 좋아하셨던

우리 아빠.

엄마는 그런 아빠를 위해 가끔 호빵 한 봉지를 사서

밥솥에 쪄주시곤 했다.

엄마는 좋아해도 아빠를 위해 참으셨고

나와 남동생은 어려서 팥을 좋아하지 않아 먹지 않았고

한 봉지의 호빵 다섯 개 중 하나는 사랑방 할머니,

나머지 네 개는 아빠 차지였다.

외할머니께서 전자레인지를 사서 보내셨다고 하니

그 주말엔 집으로 가는 길에 호빵 한 봉지를 사서 갔다.

전기밥솥에 넣어두고 잊을만할 때까지 잊은 듯 기다
리지 않아도 된다니
전자레인지의 능력을 시험해 보고 싶었다.

오래전 일이라 정확하진 않지만
분명 뒷면 설명서를 읽었는데도
이해를 못 했던 탓인지,
처음이라 생소해서 그랬는지
30초 동작 버튼을 누르고 또 눌렀다.

그 기억은 또렷하다.
전자레인지에 호빵 한 개를 올려놓고 3분을 돌렸다.

그 호빵을 맛있게 먹었을까?
아니, 먹지 못했다.

랩을 씌우지도 않고
그릇에 올리거나 덮지도 않고

그야말로 날것의 호빵 한 개를 전자레인지 전자파 속에 하얀 민낯 그대로 들여보냈다.

보송보송~ 촉촉하고 부드러워야 했을 호빵은
수분도 없는 강력한 전자파에 그대로 노출되어
머금고 있던 남은 수분도 다 빨아들이고
젓가락도 꽂히지 않을 만큼 단단하고 강한 돌덩이가
되어 나왔다.

그러니 그 딱딱한 걸 어찌 먹겠나....

그나마 딸이 제일 똑똑하다고 며칠을 기다린 전자레인지 첫 개시였는데
전자레인지가 크게 억울해할 일이었다.

"전자레인지가 너무 센 건가 보다."
"원래 전자레인지가 이렇게 되는 건가"
"그럼, 사람들은 이렇게 된 음식을 어떻게 먹지?"
"고장 난 전자레인지가 배송된 거 아닌가?"

우리 가족 모두 전자레인지 탓을 하고 있었으니 말이
다^^;;;

다시 설명서를 천천히 읽고~
호빵 한 개를 재실험한 후에야
모락모락~ 따끈한 호빵을 먹을 수 있었던 우리 가족.

전자레인지 신문물을 처음 경험한 조금은 웃픈
우리 가족의 겨울 이야기~

현대 사회에서 그게 무슨 일인가 싶을
황당함도 있지만
그런 소소한 일상이
가족을 기억하게 하고
가족의 사랑을 기억나게 하는 추억이 되었다.

아빠가 함께했던 그 겨울이 그리워진다.

우리에게 청춘은

문득 들었던 생각입니다. 정답도 없고, 오답도 없는. 왠지 거창할 것만 같고 파고들면 속앓이할 것만 같은 의문. 청춘은 무엇인가. 더 나아가 삶이란 무엇인가에 대해 수없이 고민했던 지난날이 있었습니다. 무엇이 되고 싶어서 고민한 건지, 무엇일지 궁금해서 고민한 건지는 아직도 잘 모르겠습니다. 마음이 울적한 날이면 사실 무엇이 되고 싶어서야 기울었던 질문이기도 했을 거고, 괜스레 적적하기도, 스산하기도 한 날이면 무엇인지 궁금해서였을지도 모르겠습니다. 당신께 묻습니다. 당신의 청춘은 무엇인가요. 또는 우리의 청춘은 무엇이겠습니까.

저는 여행을 떠나는 일도, 갑작스러운 운명적인 만남도, 술자리에서 만난 순간들의 기억도 모두 새삼스럽지만 간직하려는 편입니다. 이유라면, 어쩌면 매번 똑같을 하루에 무언가 튀어버린 듯 정해 놓은 반듯한 하루의 스케치에 살짝 번진 그 그림이 꽤 예뻐 보이기 때문일 겁니다. 늘 좋진 않았습니다. 약속한 자리, 생각했던 마무리를 하다가도 갑작스럽게 밀려온 인연들과의 무의미한 대화나, 쓸모없을 감정 소모도 분명히 있었을 테니까요. 허나, 그런 시간마저 기록하고 그때의 나는 왜 그랬을까 생각해 보니 오히려 더 좋은 그림이었다는 게 흔적 남아있던 걸 발견할 수 있었습니다. 그렇기 때문일까요. 좋든 좋지 않든 이젠 그 순간을 자리에서 희석하는 일들이 익숙해졌다랄까요.

　요즘은 친구의 지인을 많이 만나는 편인데 특별한 의미와 의도로 만나는 건 아니고, 그저 운동하고, 술자리 하다가 만난 인연들이죠. 운동할 땐 목인사만 건네며 각자의 본분을 충분히 하다 늦은 저녁 한숨이라도 맞대는 날이면 형 오빠 동생 하며 잔을 기울이는 일.

어쩌면 나와 다른 하루를 그리는 그들의 삶은 어땠을까 싶기도 했습니다. 직장인도 자영업자도 누구나 다 힘들다는 뻔한 힘듦 속에 같은 한숨을 내려놓기보다, 그들의 스토리가 궁금했을지도 모르겠습니다. 최근엔 조금 다행이랄 것이, 제가 먼저 묻지 않아도 먼저 자신의 한숨을 뱉어내는 그들에게 감사의 인사를 전합니다. 어쩌면 실례일 수도 있을 그들의 하루를 함부로 여쭙는 일. 사실 어려운 일이라는 걸 너무나 잘 알고 있기 때문이기도 합니다.

오늘은 그들 중 2명의 사람을 만났습니다. 한 사람은 지난 연인에 대해 요즘 갑작스러운 미련을 주는 것 같고 끝맺음은 하고 싶은데 마음 같지 않다고 말했습니다. 또 다른 이는 최근에 다리가 다친 연인에 대한 안타까움과 내면의 화를 삭이며 앞으로 더 멋진 자신의 그림을 말하기도 했습니다. 지난 연인에 대해 말하던 그 사람은 왠지 공허에 가까운 듯했습니다. 해결할 의지도, 선도 너무 잘 알고 있지만, 마음과는 달라 그렇게 하지 못하는 일. 너무도 이해와 공감이 가지만 헤매는 일. 결국, 그 끝에 무너져도 이상하지 않지만 갈 길을 잃어 따듯한 한편의 품이 필요한 이. 마음에 공허가 커 본질에 다가가기 두렵기보다 싫어하는 듯했습니다. 저는 말했습니다. 제가 어떤 말을 하기보다 그저 시간이 해결해 줄 거로 생각하면 어디든 도착한 그곳이 당신의 정답이었을 거라고. 미처 닿지 못했을 아쉬움이 남아도 순간순간을 선택한 당신의 정답이 발아래 있을 뿐이라고. 시간이 약이라는 말은 때론 아프면서, 오히려 더 쓰라린 곳에 당신의 놓아둘 수도 있는 거라고. 그게 전부였습니다. 그러다 그분께선 먼저 귀가하시고, 남은 분과의 얘기를 나눴습니다. 눈앞에 닥친 여러 불편했을 일들과 조금은 행복해지길 원하는 그의 눈빛엔 수많은 감정이 스쳐 가는 듯했습니다. 누군갈 원망하는 듯한 말을 쏟아내고 있었지만, 제겐 원망보단 희망을 갈구하는 게워냄에 가까웠으리라 생각했습니다. 오히려 정말 그랬구나, 마음이 아팠겠다. 왜 그랬을까로 받아쳤다면 상황과 감정의 교묘함에 오히려 독이 되었을 것 같았습니다. 그의 말을 듣다가 문득 생각이 들었습니다. 말하는 게 토해냄에 가깝더라도, 혼자 씹어 삼키는 게 어려웠겠지.

아니면 뱉어냄이 더 속 편했을까. 다음 날의 자신은 어제의 순간을 탓하고 있진 않을까. 어쩌면 의미 없을 순간이 녹아 부스럼에 가깝게 했을까.

　무엇이 정답이고 오답일지도, 옳고 그른 것일지도 모르는 일들은 매번 우리를 덮쳐옵니다. 모를 수도 있고, 알고도 걷고 있는지도 모릅니다. 아프니까 청춘이라는 말에 우리는 한편으로 피식하기도, 정말 아프기에 그런 것일까 싶기도 합니다. 혹 세상에 첫발을 내디디며 겪었던 아픔에 익숙해지지 못해 여전히 소스라치게 놀라는 일일지도 모르겠습니다. 시간이 지나면 어느 정도 무뎌진다기에, 그 아픔마저 아름답다 표현하는지도 모르겠습니다. 꼭 시간이 약일 거라곤 생각하지 않습니다. 시간이 정답일지 아닐지는 모르겠으나, 그럼에도 믿는 한 가지는 매 순간 치열한 틈에 살더라도 언젠가 발 디딜 그 어떤 순간의 나는 꽤 괜찮은 사람일 거라는 것입니다. 청춘을 밟고, 청춘을 딛고 서 있는 자신은 청춘 덕분에 다시금 웃고 있을지도 모릅니다.

언제나 하루의 거스러미는 곁에 있고, 경험의 탈을 쓴 쓴맛을 자주 맛보다 보니 찡그린 표정이 익숙할지도 모릅니다. 허나 쓴맛은 독을 멀리하도록, 생존을 위해 발달한 감각이라고 합니다. 그리고 보면 삶에서 마주했던 쓴맛은, 어쩌면 먼 미래의 자신을 지키기 위한 과정이었을지도 모릅니다.

때론 쓴맛이어도 좋겠습니다. 하지만 탄식과 원망보단 일어나고자 했던 희망의 끝으로 부축하는 중이라 믿습니다. 청춘은 파릇한 용기와 도전에 피치 못한 고된 겨울이 밀려온 계절일지도 모릅니다. 그러나 이런 사계 중 찰나일 순간을 거쳐 시린 지난겨울을 따스히 회상하기도, 어느새 우리가 목 놓던 또 다른 계절이 찾아와 만개할 거라고도 믿습니다.

눈사람

모두가 잠든 새벽을 틈 타 올해 첫 번째 눈이 내린 날이었다.

나는 오늘 아침 누군가의 손에서 태어났다.

처음 마주한 이 새하얀 세상엔 궁금한 게 너무 많다.

"이 세상은 왜 이렇게 하얀 걸까?"

나는 또 다른 색으로 채워진 세상이 궁금했다.

눈이 그친 지 얼마나 지났을까

온통 하얀색뿐인 세상에 살짝 노란빛이 감돌 때쯤이었다.

나는 차갑기만 했던 내 몸이 무언가 변한 걸 느꼈다.

그리고 나는 언뜻 중요한 걸 깨달았다.

"다른 세상은 볼 수 없겠구나.."

조금 속상했지만 새로운 감각에 작게나마 만족을 한다.

슬슬 처음 본 이들에게 두 번째 인사를 건네며 기다
릴 때쯤

"@#&**'?s@%!"

조그마한 무언가 다가와 나를 가리키며 소리쳤다.

당연히 알아들을 수 없었다.

무슨 뜻일까 곰곰이 궁리해 보는데

그것이 빨간색 기다랗고 복슬복슬한 것을 나의 목에
감싸주었다.

그리고 나를 안아주었다.

"…"

처음 느껴보는 따스함은 나를 아름답게 장식해 줬다.

그리고 내가 본 마지막 세상은 예상과 달리 붉었다.

별똥별

"우와아 반짝반짝! 예쁘다아"

빛나는 트리를 보며 감탄하고 있었다.
있는 힘껏 고개를 올려 본 맨 꼭대기에는 별이 달려
있었다.

"엄마! 트리 위에는 왜 별이 달려있어요?"
문득 의문이 들어 엄마께 물어봤다.
"아 동방박사라는 분이 별이 떨어지는 것을 보고 방
향을 잡아 예수가 태어난 곳으로 갔대,
t도 별님한테 크리스마스 소원을 빌어봐. 산타 할아버

지가 선물을 주실 수도 있어."

"네!"

나는 그렇게 대답하고는 마음속으로 저 별처럼 반짝반짝 빛날 수 있기를 간절히 빌었다.

'산타 할아부지 꼭 제 소원 들어주셔야 해요.'

.

.

.

트리를 보니 떠오른 옛 기억에 잠깐 피식했다.

'별똥별은 별의 추락인데 왜 다들 소원을 빌까?'

다시 의문이 생겼다.

어릴 땐 세상 어딘가에는 분명 구름으로 빵을 만들어 먹고 산타가 밤새 전 세계를 돌면서 착한 아이에게 선물을 나눠주는 줄 알았다.

마주한 현실은 생각보다 평범했고, 이룰 수 없는 거라서 사람들은 환상을 더 갈망하게 되는 거 같다.

그래서 떨어지는 별에 소원을 비는 걸까?

사실 어릴 적 새벽에 창문 밖으로 산타를 본 적이 있다.
동화 속 그림처럼 산타는 루돌프와 함께 빛나는 썰매를 타며 빠르게 날아가고 있었고,
나는 아직도 그 장면을 생생히 기억한다.
가끔 이걸 말하면 다들 엄청 웃고는 한다.
내 기억이 사실인지 아닌지는 중요하지 않다.
잠결에 꿈을 꾼 거일 수도 있다.
중요한 건 더 이상 아무도 산타를 믿지 않는 것이다.
씁쓸한 감정 위로 좋아했던 동화책 속 한 구절이 생각난다.

"피터, 너와 달리 난 이제 곧 어른이 될 거야" 그러자 피터가 웃으며 말했다.
"오 웬디, 세상에 어른이란 건 없어, 그저 천진한 아이와 천진함을 잃어버린 아이만 있을 뿐이야"

- 피터팬 이야기 중에서

포레스트 웨일 공동 작가

겨울이 왔어요

초판 1쇄 발행 2023년 12월 11일
초판 1쇄 인쇄 2023년 12월 11일

지은이   김원민 | 별결듯 | 정태희 | 서기 | 지후 | 보고쓰다 | 김승현
          한민진 | 이선주 | 꿈꾸는쟁이 | 유복회 | 메이 | _Heimish_
          유영미 | 하늘가오리 | 리온 | 봄비가을바람 | 김병후(김이세)
          주재훈 | 새벽한시 | 하일리 | 다담 | 유리알 | 퍼 팬 | 한별
          연 | 사랑의 빛 | 널그 정민규 | 수아

디자인   포레스트 웨일
펴낸이   포레스트 웨일
펴낸곳   포레스트 웨일
출판등록 제2021 - 000014 호
주소   충남 아산시 아산로 103-17
전자우편 forestwhalepublish@naver.com

전자책   979-11-92473-83-3
종이책   979-11-92473-84-0